SVPPLICATION
AV ROY,
PAR LE DVC
DE SAVOYE.

❧

REPRESENTANT A SA MAIESTÉ
la mifere où il eft à prefent reduit : tirée du
6. Pféàume de Dauid.

Par Lovys Baron, Verdunois.

Domine, ne in furore tuo arguas me : neque in ira tua
corripias me. Pfalm. 6.

M. DC. XXX.

SVPPLICATION AV ROY,
PAR LE DVC DE
Sauoye.

Repreſentant à ſa Majeſté la miſere où il eſt
à preſent reduit, tirée du ſixieſme
Pſeaume de Dauid.

GRand Roy eſcoutez ma clameur,
Qui pouſsée d'vne viue flame,
Va requerant que par faueur
Oyez proferer à mon ame.
Domine, ne
Vous voyant tout comblé d'honneur,
De vertus, & orné de gloire;
Ie vous ſuppli' d'vn tres-bon cœur
De mes fautes n'auoir memoire.
in furore tuo

A 2

Si selon ma temerité
Voftre grand' Iustice equitable
Puniffoit mon iniquité,
Sire, comme Roy fauorable,

arguas me:

Ie fçay que voftre Majefté
Eft pleine de mifericorde,
Et qu'aduertie ell' a efté
Que mon Pays eft en difcorde.

neque

Vous m'octroyerez, s'il vous plait,
L'abfolution de mes vices;
Car ie n'ay point d'autre fouhait
Que d'abandonner mes complices.

in ira tua.

Pour mon deffein pernitieux
Ie fupplie auec reuerence
N'auoir vn guerdon rigoureux;
Mais que felon voftre clemence.

corripias me.

Sentant l'incomparable effort
De vos Armes par trop guerrieres,
Ie vous reclame pour fupport;
Vous faifant ces humbles prieres.

Miferere mei

Par

Par vn certain esbattement
J'occupois touſiours ma ceruelle,
Mais helas ! nouueau changement
Veut qu'à preſent ie vous appelle
Domine

Vous aurez donc compaſſion
De ma langueur fort dangereuſe,
En oſtant mon affliction
De ma perſonne non heureuſe.
quoniam infirmus ſum,

Voſtre Majeſté peut ſçauoir
Que tout mon Pays ſouffre peine,
Sire, comm'ayant le pouuoir
De cette facheuſe gangreine.
ſana me

Si ie puis, dedans peu de iours
Ie mettray fin à ma cautelle,
Pourueu qu'empeſchiez touſiours
Que mon mal ne ſe renouuelle.
domine:

Voſtre Conſeil pourra ſonger
Que mon pays ſera paiſible,
Eſtant vuide de l'eſtranger,
Lequel le rend trop corruptible
quoniam .

Mon pays eſt preſque laiſsé,
Et les clameurs ſont inutilles
Au payſant qu'eſt dechaſsé,
Et la pluſ-part de mes grands villes:
  conturbata ſunt.
Car les effets d'vn Cardinal
Qui domine ſur la ſageſſe,
Me peut rendre voſtre vaſſal,
Faiſant mettre deſſous la preſſe.
  oſſa mea.
Voſtre Majeſté veut auoir
Comme vne choſe raiſonnable,
La puiſſance, auſſi le pouuoir,
De me rendre aſſeuré & ſtable.
  Et anima mea
Auſſi ie ne puis contrarier
A la genereuſe entreprinſe
Du Cardinal braue guerrier,
Qui par ſes exploits, ma Prouince,
  turbata eſt valde:
Ie vois que les trois fleurs de Lys
Triomphent, en ornant la France:
Helas ! de garder mon pays
Ie n'ay point du tout d'eſperance.
  ſed tu domine

Si vos Armes par leurs efforts,
M'esloignoient de la patience,
Ne trouuant point aucuns suppots,
Ie pourray dire auec licence.

vsquequo

I'aurois bien cett' ambition
De vouloir les Grands contredire,
Si tousiours à deuotion
Auec verité pouuois dire

Conuertere Domine

Vous ne pouuez pas supporter
D'auantage, que le rustique
Tasche à se reconforter
Endommageant le Monastique.

& eripe

Mais apres qu'en ce triste lieu
I'auray acheué ma priere,
Suppliray des mortels le Dieu
De ne mettre pas en arriere.

animam meam:

Ie vous requiers vne faueur,
Que si vostre Majesté grande,
Me veut punir auec rigueur,
Ie luy fasse cette demande.

saluum me fac

Sire,

Sire, ie iure par ma foy,
De vous eftre toufiours fidelle,
Et fi vous diray le pourquoy
Que ie delaiffe ma cautelle,
Propter mifericordiam tuam.
Car eftant à prefent reduis
Par deffous l'effort de vos Armes,
Viure fans peine ie ne puis
Et n'ay autre recours qu'aux larmes.
Quoniam
Qui voudroit par là preualoir
Que ie fuy vne fauffe voye,
Pourra iuger que le pouuoir
En mou Piedmont & en Sauoye.
non eft
Ie fuis bien contraint d'aduouër
D'vne parolle non trop brufque,
Que ie defire me fauuer
De ces batailles qui vont iufque.
in morte
I'ay fait des combats merueilleux
Qu'on ne pourra conneftre comme
Ic trahiffois toufiours les deux,
Si n'eft voftre Majefté, fomme.
qui

Ie

Ie me tiens si fort asseuré
De cette Clemence ordinaire,
Qui pour tousiours a demeuré
En vn Prince non sanguinaire.

memor sit tui :

Ie suis maintenant resolus
D'abandonner par reigle expresse
Mes desseins & n'en parler plus,
Les enuoyant & ma finesse.

in inferno

Pour vous demonstrer tout à plain
Que ie renonce mon offence ;
Et autrement suis tres-certain
Qu'on m'en donroit vne dispence.

autem quis

L'Espagnol s'estime estre fin
Euitant quelquesfois sa ruine,
Faut qu'il en prenne le chemin
Sans aller chercher autre mine.

confitebitur tibi.

Auec peines & grands tourmens,
Endurant de l'hyuer l'iniure,
Des orages & soufflemens,
Parmy la neige & la froidure.

Laboraui

B

La prudence par l'Vniuers
Met voſtre Nom auec memoire,
Et Monſieur le Duc de Neuers
Fait voler par tout voſtre gloire.

in gemitu meo

La fineſſe & inuention
I'ay reietté hors de moy-meſme,
Par vne declaration
Ma tromperie fort extreſme.

lauabo

Les ennemis de voſtre Eſtat
Faut qu'ils prennent ceſte croyance,
Que comme le Fort de l'Esbat
Thoyras les met en decadence.

per ſingulas noctes :

Preſque de toute ancienneté
Tous les Monarques de la France,
Ont a touſiours, par leur bonté,
Honoré de leur Alliance.

lectum meum

Helas ! Sire, ſi ie commets
A voſtre endroit vn demerite,
Par ce diſcours ie me ſoubmets
Quitter l'effect, non l'interdite.

lachrimis meis

Ie suis certain par l'amitié
De voſtre bonté naturelle,
Que me receurez à pitié,
Et me rendant touſiours fidelle.

ſtratum meum rigabo.

I'ay longtemps experimenté
Que ſur le bord de ma malice
I'eſtois touſiours enſanglanté,
Et le vray ſang de mon complice.

Turbatus eſt

Parmy les fatigues du temps,
La! i'ay conſumé ma ieuneſſe,
Auſſi les fleurs de mon printemps
Menaçoient tres fort ma vieilleſſe.

à furore

I'ay conſideré pluſieurs fois
Que c'eſtoit bien mon aduantage
De me faire aimer des François :
Et qui en rendra teſmoignage ?

oculus meus :

L'Eſpagnol m'auroit fait ſentir
Pluſieurs combats de viue force,
Et, Sire, n'en faut point mentir,
Pour le ſujet de la diuorce.

inueteraui

B ij

Sire, voſtre bon General,
Qui ſur-nommé par le Sainƈt Siege
De Richelieu le Cardinal.
Me ſurprendra vn iour au piege.

inter omnes

Quand i'auray receu mon pardon
Ie vous prieray pour mon complice
De ne le mettre à l'abandon ;
Mais que puniſſiez par Iuſtice.

inimicos meos.

Si le Marquis de Spinola
Vouloit par quelque menterie,
M'empeſcher de faire cela ;
Ie luy dirois ſans flatterie.

Diſcedite à me

C'eſt de paroles & d'effets,
Et non de colere felonne,
Que i'ay dit à tous vos ſubjets
Retirez-vous de ma perſonne.

omnes qui

Si l'Eſpagnol & l'Empereur,
Font de moy vne raillerie,
Me menaçant de leur fureur :
Ie leur diray par cauſerie.

operamini

Mais ie vous tiendray pour mon Roy,
Pour mon Seigneur & pour mon Prince,
Si vous auez pitié de moy,
En effaçant de ma Prouince.

iniquitatem :

Et s'ils transportent leur pouuoir
En mon pays pour me desplaire,
Ie leur feray bien tost sçauoir
Que n'ay autre response à faire.

quoniam exaudiuit Dominus

Il est vray qu'outre la raison
I'ay vsé de mescognoissance,
Aux grands bien faits que la Maison
Des Roys faisoit en abondance.

vocem fletus mei.

Mais c'est vne chose qu'il faut
Que i'aye tousiours souuenance,
De tous vos exploits les plus haut,
Afin de mettre en ma croyance.

Exaudiuit Dominus

La qualité & la candeur
Des Fleurs de Lys n'a sa pareille,
Me faisant sentir leur odeur
Oyant de vostre douce oreille.

deprecationem meam :

Eſtant de France le Soleil
La lumiere & reſiouyſſance,
Il n'y a Roy qui ſoit pareil.
Soit en qualité ou puiſſance.

Dominus

Ie ſçay fort bien m'entretenir
Tantoſt de l'vn, tantoſt de l'autre,
Et quand ie veux m'y maintenir.
C'eſt qu'il faut qu'à l'vn faſſe faute.

orationem meam

Quand i'apperçois voſtre grandeur,
Voſtre hauteſſe & excellence,
Ie tiens cela pour vn honneur
Que mon propos, voſtre clemence.

ſuſcepit.

Voſtre œil fauorable & doux,
Me cauſera de la conqueſte,
Auſſi ie veux mourir pour vous
Tenant à vos ennemis teſte.

Erubeſcant & conturbentur

Et ie feray ſans contredit
Des holocauſtes à la Deeſſe
Minerue, de qui chacun dit
Qu'elle apprend de vous ſon addreſſe.

vehementer

Les ennemis de mon pays
Trouueront de la resistance
Au iuste bras du Roy Louys,
En ramenant à repentance.

omnes inimici mei:

Ie veux faire le Rossignol
Chantant d'vne grand' melodie,
Que l'Empereur & l'Espagnol
M'ont causé ceste maladie.

conuertentur & erubescant

Mais la grace que i'obtiendray
De vostre bonté fauorable,
Fera que dans mon cœur i'auray
Ceste action tres-remarquable.

valdè velociter.

FINIS.

Ex labore & studio LVDOVICI
BARON, *Virdunensis* 1630. *die
primo mensis* Maij.

www.ingramcontent.com/pod-product-compliance
Lightning Source LLC
Chambersburg PA
CBHW061436170626
46811CB00005B/2302